Una época de cambios

Escrito por Alicia Klepeis
Traducción de Isabel C. Mendoza

© 2025, Vista Higher Learning, Inc.
500 Boylston Street, 10th Floor
Boston, MA 02116-3736
www.vistahigherlearning.com
www.loqueleo.com/us

© Del texto y la ilustración de portada: 2017, Rourke Educational Media

Publicado originalmente en Estados Unidos bajo el título *A Time for Change: (History Files: Civil Rights)* por Rourke Educational Media. Esta traducción ha sido publicada bajo acuerdo con Carson-Dellosa Publishing, LLC.

Dirección Creativa: José A. Blanco
Vicedirector Ejecutivo y Gerente General, K–12: Vincent Grosso
Editora Ejecutiva: Julie McCool
Desarrollo Editorial: Salwa Lacayo, Isabel C. Mendoza
Diseño: Radoslav Mateev, Gabriel Noreña, Verónica Suescún,
    Andrés Vanegas, Manuela Zapata
Coordinación del proyecto: Karys Acosta, Andrea Cubides, Tiffany Kayes
Derechos: Jorgensen Fernandez, Annie Pickert Fuller, Kristine Janssens
Producción: Thomas Casallas, Oscar Díez, Sebastián Díez, Andrés Escobar,
    Adriana Jaramillo, Daniel Lopera, Daniela Peláez
Traducción: Isabel C. Mendoza

Una época de cambios: los Derechos Civiles
ISBN: 978-1-66993-990-0

Todos los derechos reservados. Esta publicación no puede ser reproducida, ni en todo ni en parte, ni registrada en o transmitida por un sistema de recuperación de información, en ninguna forma ni por ningún medio, sea mecánico, fotoquímico, electrónico, magnético, electroóptico, por fotocopia o cualquier otro, sin el permiso previo, por escrito, de la editorial.

Printed in the United States of America

1 2 3 4 5 6 7 8 9 GP 30 29 28 27 26 25

Querido lector:

La colección Archivos Históricos te llevará a épocas importantes de la historia de Estados Unidos, permitiéndote ponerte en el lugar de unos personajes que viven en periodos sobre los cuales has aprendido en clase. Desde el viaje hacia una nueva vida a bordo del Mayflower hasta la lucha de la Guerra de Vietnam, y más allá, cada título de esta colección ahonda en las experiencias de personajes diversos que enfrentan los conflictos de su tiempo.

Cada libro incluye, al finalizar el relato, un completo resumen de la era en cuestión, así como información sobre el contexto histórico de la gente real que los personajes ficticios mencionan o se encuentran en la novela. También se incluyen sitios web para visitar y una entrevista con la autora.

Esperamos que disfrutes la lectura de las impactantes novelas históricas de esta colección.

Índice

Dulces y quejas 6

Grandes sucesos en Greensboro........................16

La noticia de papá y los portazos 28

Adiós, Boston...39

Una nueva casa, una vibra extraña....................51

Drama después de clases...................................64

Una oportunidad increíble.................................76

La mejor malteada...87

Dulces y quejas

• • • • • • • • • • • • • • • • • • • •

¡Riiiin! ¡Riiiin! El timbre de salida retumbó en la Escuela Secundaria Charles Taylor e hizo saltar a Amari Johnson.

—¡Te pasas el día saltando, Amari! Como si hubieras visto un fantasma —bromeó Jackie, su mejor amiga.

—Lo sé. ¿No es ridículo? Estoy en esta escuela desde septiembre, pero todavía parezco un frijol saltarín —dijo Amari mientras recogía sus cuadernos y libros, y se dirigía al pasillo, rumbo a los casilleros. Al llegar al suyo, llenó su mochila de cuero con todo lo que necesitaría esa noche para hacer las tareas. Luego, las dos amigas salieron al frío aire de enero.

Mientras caminaban por la calle Morton, Amari y Jackie realizaron sus rutinas favoritas para liberar estrés después de clases. Siempre espiaban a unos chicos que jugaban balonmano en la cancha del parque Dorchester. Cuando Amari vio a Marcus Coleman en la cancha, trató de reprimir la risa. Estaba enamorada de él desde el quinto grado, cuando se mudó de Virginia a Mattapan. Le encantaba su acento, la manera como parecía quedarse pegado a cada sílaba con esa pronunciación lenta de los sureños. Y cuando Marcus tocó "Mark the Knife" en su guitarra acústica en el *show* de talentos del año pasado, Amari quedó totalmente conquistada. Guapo y talentoso… Algunas personas lo tenían todo.

Luego de pasar por la cancha, las chicas pararon en la Tienda de la Esquina de Parker.

—Buenas tardes, chicas. ¿Vienen por sus dulces? —les dijo el señor Parker, el anciano dueño de la tienda, guiñándoles un ojo. Las dos usaban dinero de su mesada y de su trabajo como niñeras para comprar golosinas casi todos los días al salir de clases.

—Sí señor.

Amari eligió varios caramelos Necco Mint Julep y un paquete de regaliz Red Vines. Jackie compró su golosina favorita: una barrita dulce y gomosa de Bit-O-Honey. Pagaron con monedas de cinco y diez centavos que sacaron de sus monederos; luego salieron rumbo a la casa de Amari. Jackie nunca tenía prisa en llegar a su casa. Su mamá trabajaba como empleada doméstica en la casa de una familia de blancos ricos de Milton, y normalmente no llegaba a casa hasta después de la hora de la cena.

Las doce cuadras que había desde la tienda del señor Parker hasta la casa de los Johnson nunca les parecía un trayecto largo. Jackie y Amari podían pasar horas conversando sin parar, especialmente después de clases, pues habían estado prácticamente todo el día en silencio en la escuela. Eran mejores amigas desde kindergarten.

—¿Viste que hoy se cayó la mitad de las hojas de mi libro de ciencias? —le preguntó Amari a Jackie—. Esos libros deben de tener como veinte años. Honestamente, no sé cómo voy a hacer para mantener la cosa esa armada hasta el final de curso.

—Te entiendo. Me pasó lo mismo el año pasado con mi libro de matemáticas. Es porque la mayoría de nuestros libros son donaciones de pueblos o vecindarios más adinerados de Boston. Cuando llegan a nuestro poder ya han sido descartados como "chatarra", así que los mandan a escuelas de barrios pobres, como la nuestra. A veces, los libros son tan viejos que la información está desactualizada.

—¿También sucederá eso en la escuela de Isaiah? —se preguntó Amari.

—Jamás —respondió Jackie—. Si eres lo suficientemente inteligente para ingresar a Boston Latin…

—*Y si eres un muchacho* —interrumpió Amari.

—Ajá, sí, un muchacho —continuó Jackie—. Como te decía, si logras entrar a Boston Latin, entonces podrás tener libros en perfecto estado y excelentes maestros. Mi hermano dice que los laboratorios de ciencias son increíbles. Quiere ser biólogo marino cuando sea grande.

Isaiah, el hermano mayor de Jackie tenía dieciséis años, dos más que ellas. Pero los tres eran excelentes estudiantes y tomaban todas las clases avanzadas que podían. Amari recibía premios de fin de curso con frecuencia, por su gran esfuerzo y buenas calificaciones.

Extrañamente, Amari se quedó callada por un momento. Tenía la frente arrugada y la mirada perdida en el horizonte. Jackie sabía que no debía interrumpir los pensamientos de su amiga.

—¿Qué crees que sería mejor —dijo por fin Amari—, quedarnos en una escuela como la nuestra o ser uno de "los nueve de Little Rock"?

—Guau, chica, ¿de dónde sacas esas cosas? Yo, aquí masticando mi Bit-O-Honey, mientras que tu cerebro va a millón por hora. Déjame pensar en voz alta… Los libros y los útiles de la Escuela Secundaria Central de Little Rock probablemente son mucho mejores que los que tenemos. Después de todo, esa *es* una escuela de blancos. Pero en Charles Taylor, nadie nos odia. Bueno, quizás solo esa chica, Kishana; pero ella es así con todo el mundo. Nadie nos detiene cuando entramos al edificio. No hace falta que nos proteja la Guardia Nacional.

—Sí, tienes razón, Jacks —Amari estuvo de acuerdo—. ¿Recuerdas que unos chicos blancos le rompieron la ropa a Elizabeth Eckford? Hasta le clavaron las uñas en la piel, como animales. Fue horrible. Todos esos nueve chicos lo pasaron muy mal en la Secundaria Central. No sé si yo hubiera podido seguir asistiendo día tras día a un lugar sabiendo que nadie me quería allí.

—Yo tampoco. ¿Tú crees que las escuelas de Boston se convertirán pronto en escuelas integradas, Amari?

—Supongo que sí, en algún momento. Pero después de lo que pasó en Little Rock, dudo que quienes están a cargo tengan prisa por instaurar algo que saben que traerá problemas. ¿Te conté lo que le pasó a mi prima Ronna, una de las hijas de mi tía Laila? Se hartó de la mala calidad de los útiles de su escuela, así que comenzó una campaña para escribir cartas, pidiendo igualdad en los presupuestos para las escuelas blancas y negras. Docenas de compañeros suyos escribieron cartas y las enviaron a la oficina del gobernador.

—¿Y qué pasó? —Jackie escuchaba fascinada—. ¿Les respondieron?

—Todavía no, pero solo han pasado unas semanas, según dice mi papá.

—Quizás deberíamos intentarlo —sugirió Jackie.

Un dulce aroma las envolvió cuando Amari abrió la puerta de su casa. Con seguridad, algo delicioso acababa de salir del horno. A la señora Johnson le encantaba hornear.

Después de comer un crujiente pastel de manzana, las dos chicas se fueron a la habitación de Amari. Hojearon algunas revistas *Ebony* de la señora Johnson. Les encantaba ver los anuncios y tratar de recrear los peinados de las modelos. El cabello corto de Jackie era perfecto para varios de los lindos estilos que salían en la revista. Y el de Amari era lo suficientemente largo para probar el nuevo estilo abombado o las trencitas.

Rebuscaron en los cajones de la cómoda de Amari para encontrar ropa que se pareciera a la que salía en la edición de ese mes. Esa tarde, precisamente, una de sus blusas verde limón les pareció una copia de la que llevaba la modelo de un anuncio de gaseosa. Amari era alta y delgada, así que se le daba bien actuar como si fuera una modelo. A Jackie le gustaba hacer de estilista y ataviar a su amiga con las últimas tendencias. La señora Johnson hasta les prestó una pañoleta sedosa y unos pendientes de melamina para la ocasión. Ya estaban por terminar su sesión de fotos cuando la señora Johnson tocó la puerta.

—La cena estará lista en veinte minutos —anunció—. A propósito, chicas, ¡se ven espectaculares! Si no supiera la verdad, juraría que son modelos de *Ebony*.

La señora Johnson era una de las mujeres del vecindario con más estilo para vestir. A Amari le encantaba mirar las fotografías de cuando sus padres se casaron. Siempre se veían elegantes en sus citas. Les encantaba asistir a espectáculos de música en vivo, en especial, de *jazz*, y ver producciones teatrales.

Normalmente, Amari y Jackie bailaban y cantaban después de la escuela. De modo que corrieron a la caja de discos que Tamara, la hermana mayor de Amari, tenía en su habitación para aprovechar los pocos minutos que les quedaban antes de la cena. Como Tamara estaba en la universidad, no se enteraba de que su hermanita ponía sus discos, siempre que ella no los rayara. Jackie escogió uno de sus favoritos de todos los tiempos: "Rockin Robin", de Bobby Day. Bajó con cuidado la aguja hacia el disco de vinilo, y las dos se pusieron a bailar "como si nadie las estuviera viendo". Tenían cuidado de no brincar, pues el disco podría saltar y rayarse. A Amari le dio un ataque de risa al ver los graciosos pasos de baile de Jackie. Fue un buen cierre de aquella tarde.

Grandes sucesos en Greensboro
•••••••••••••••••••

Amari solía despreciar la comida de la cafetería de la escuela. Pero ese día, el almuerzo era diferente. Tenía el mismo olor a rollo de carne viejo y repugnantes frijoles verdes enlatados. Pero eso no tenía importancia ahora… pues ella y Jackie estaban emocionadas porque iban a hablar con algunos de sus amigos de su idea de hacer una campaña de cartas.

Una de sus amigas más antiguas y cercanas, Denise, se emocionó mucho con la idea.

—Me parece que es algo que les podría interesar a los Consejos Juveniles de la NAACP —les dijo Denise—. Unas primas de Maryland están afiliadas a esos consejos. Solo necesitas tener doce años para unirte.

Y mi hermana mayor acaba de ingresar a una unidad universitaria. Ha ido a sostener carteles en manifestaciones frente a tiendas por departamentos que no les dan un trato justo a los clientes negros.

—¿Acaso eso no sucede en *todas* las tiendas por departamentos? —apuntó Mable con sarcasmo. Todas las chicas que estaban en la mesa asintieron con la cabeza al mismo tiempo.

—Bueno, pues por algo tenemos que comenzar, ¿verdad? De lo contrario, nada va a cambiar jamás —dijo Jackie tajantemente.

Amari y Jackie se sintieron decepcionadas al ver la reacción de sus amigas a su sugerencia de escribir cartas para los funcionarios del Gobierno pidiendo más dinero para las escuelas negras. Algunas chicas dijeron que les preocupaba meterse en problemas si el director Thomas se llegaba a enterar de que estaban quejándose. Otras pensaban que era una pérdida de tiempo. ¿Por qué sus escuelas de bajo presupuesto iban a importarle a un político blanco?

Al salir de la escuela, decidieron que no iban a permitir que la negatividad de sus compañeras arruinara su entusiasmo. ¿Cómo se supone que iban a cambiar las cosas si nadie lo intentaba? Si Rosa Parks no se hubiera negado a ceder su asiento en aquel bus de Birmingham, en 1955, la gente negra todavía estaría dándoles su puesto a los pasajeros blancos en todos esos buses. La señora Parks estaba dispuesta a ir a la cárcel por sus convicciones; por lo que ella pensaba que era justo. Amari creía que escribir una carta era algo muy fácil comparado con estar tras las rejas. Según lo que había aprendido el año pasado en la clase de historia, la libertad de expresión se valoraba en Estados Unidos, ¿verdad?

Sentadas en la mesa de fórmica roja de la cocina de los Johnson, Jackie y Amari tomaban leche con Ovaltine. Les gustaba añadirle polvo extra para que el sabor a chocolate quedara más intenso. Le contaron a la señora Johnson que sus amigas no habían reaccionado con entusiasmo a su idea de la campaña de cartas. La madre de Amari les ofreció a las chicas su papelería fina Crane de color crema, y les dijo:

—Siempre habrá gente que se oponga, chicas. Quienes quieran frustrar sus sueños siempre tratarán de desinflar su entusiasmo. Me siento orgullosa de ustedes por querer hacer lo que consideran justo. Y, contrario a lo que dicen sus amigas, yo en realidad creo que al director Thomas le encantará ver que sus estudiantes se preocupan lo suficiente para tratar de mejorar las cosas para todos. Las dejo para que se pongan manos a la obra. ¡Buena suerte!

Después de escribir muchos borradores en papel común y corriente, las chicas por fin decidieron que la carta estaba lista para la papelería cara. Así quedó:

1 de febrero de 1960
Gobernador John Foster Furcolo
Capitolio de Massachusetts
Boston, MA 02133

Estimado gobernador Furcolo:

Buenos días, gobernador. Nos llamamos Amari Johnson y Jackie Harris. Somos estudiantes de noveno grado de la Escuela Secundaria Charles Taylor, ubicada en Mattapan. Nos dirigimos a usted para contarle lo que está pasando en nuestra escuela. Las dos tenemos viejos libros de texto donados por distritos escolares más pudientes. Esos libros se están desbaratando, literalmente. Nuestros libros de ciencias son tan viejos que hasta tienen información que ya no es precisa. El hermano mayor de Jackie asiste a la Escuela Boston Latin. Sus libros de texto siempre están en perfectas condiciones, como nuevos. Y los laboratorios de ciencias de su escuela son modernos, mientras que muchos de nuestros mecheros Bunsen no funcionan bien, y siempre estamos cortos de los químicos que necesitamos para nuestros experimentos.

¿Por qué sucede que las escuelas negras, como la nuestra, tienen tan bajo presupuesto mientras que las escuelas blancas tienen excelentes recursos? Jackie es una estupenda estudiante de arte, pero en nuestra escuela nunca hay suficientes pinturas, tizas pastel, caballetes y otros materiales. En nuestra humilde opinión, esto no es justo. Sacamos buenas calificaciones y nos esforzamos mucho. ¿Es que no merecemos las mismas oportunidades educativas que tienen los estudiantes blancos?

El día en que todas las escuelas de Massachusetts, sean negras o blancas, tengan los recursos adecuados, será un día maravilloso. Por favor, ayúdenos a hacer realidad nuestro sueño de tener una mejor escuela en Mattapan. Gracias por su tiempo y cooperación.

Atentamente,
Amari Johnson y Jackie Harris

Las chicas le mostraron la carta terminada a la señora Johnson. A ella se le aguaron los ojos.

—Guau, chicas, esto está bellamente escrito, tanto en términos de contenido como de caligrafía. La llevaré al correo mañana temprano, pero me encantaría mostrársela a tu padre antes de que cerremos el sobre.

—Muchas gracias, señora Johnson —dijo Jackie—. Amari, tengo que irme a casa pronto. Le prometí a mi madre que me encargaría de la cena ya que hoy es noche de póker en la casa de los Waldorf. Mi mamá tiene que quedarse hasta tarde para alistar la comida y las bebidas para sus amigos adinerados.

—Está bien, Jacks. Gracias por hacer esto conmigo. Creo que quedó muy bien.

—Yo también —sonrió Jackie—. Nos vemos mañana.

Mientras la señora Johnson preparaba la cena, Amari prendió la televisión para distraerse de los tentadores olores que salían de la cocina. A pesar de que se había comido una merienda en la tarde, estaba hambrienta. Quizás su padre tenía razón cuando decía que ella aún no había terminado de crecer. En cualquier caso, el olor del pastel volteado de piña la tenía antojadísima. Llevaba apenas un par de minutos debatiéndose con las ganas de comer algo cuando el noticiero captó su atención. El presentador de noticias reportó que cuatro estudiantes de la Universidad Agrícola y Técnica de Carolina del Norte habían realizado una sentada en la cafetería segregada de la tienda por departamentos Woolworth's, en Greensboro.

Amari deseó que su padre estuviera en casa para que pudiera ver las imágenes. Era el 1 de febrero de 1960. Los cuatro estudiantes eran negros. Se llamaban Joseph McNeil, Franklin McCain, David Richmond y Ezell Blair Jr. Se sentaron en el mostrador de almuerzos destinado "solo para blancos" y pidieron donas y café. Obviamente, se negaron a atenderlos. Lo sorprendente es que aquellos cuatro estudiantes se negaron a salir de la tienda. Se pusieron a leer sus libros de texto, y se quedaron ahí hasta que se cerró la tienda, por la noche. Amari vio, extasiada, todo el segmento noticioso. Estos jóvenes eran casi de la misma edad de su hermana Tamara.

Esa noche, durante la cena, Amari tuvo mucho que decir y muchas preguntas. Les contó a sus padres lo que había visto en las noticias.

—Qué bien por esos muchachos —dijo su padre—. Negros y orgullosos de serlo. Las sentadas son una manera excelente de transmitir el mensaje de que las personas negras ya no van a tolerar ser tratadas como ciudadanos de segunda categoría.

—¿No hubo otras sentadas exitosas en expendios de comidas antes de esta? —preguntó Amari.

—Claro que sí. Recuerdo especialmente una que sucedió en Wichita, Kansas, en 1958. Carol Parks y su primo Ron Walters eran líderes del Consejo Juvenil de la NAACP de su localidad. Organizaron una sentada en la farmacia Dockum, que era un local popular para comer, con una fuente de soda. Durante las siguientes semanas, otros estudiantes se unieron a la sentada, pidiendo que los atendieran, pero se negaron a servirles.

Casi un mes después, el dueño decidió que estaba perdiendo demasiado dinero por no atender a los clientes negros. Entonces, todo cambió. Carol, Ron y los otros estudiantes que participaron en la sentada lograron, sin usar la violencia, una victoria para toda la gente negra que quería comer en Dockum. Y ha habido otros ejemplos en diferentes lugares de EE. UU. —explicó el doctor Johnson con una expresión de alegría. Pero su rostro cambió en un instante—. Sin embargo, todavía queda mucho por avanzar. Tu madre me contó sobre la carta que escribiste hoy. Buen trabajo, Amari.

—Gracias, papá. A algunas de mis compañeras no las entusiasmó la idea. Creen que a ningún político blanco le importan las escuelas negras. Yo no estoy de acuerdo —Amari hizo una pausa, y luego añadió—: ¿Tú crees que *yo* puedo hacer historia como esos estudiantes de Greensboro que salieron hoy en las noticias?

—Absolutamente. Escribir una carta como la de hoy es una manera de hacer historia. Y, a medida que creces, puedes abrir el camino para otras personas negras de muchas otras formas. Tu hermana es muy activa en el Consejo Juvenil de la Universidad de Howard. Y espera convertirse algún día en una de las primeras cardiólogas negras —el padre de Amari se veía orgulloso mientras hablaba de su hija mayor.

—Papá, si el expendio de almuerzos de Woolworth's en Greensboro se convierte en un lugar integrado, ¿podemos ir?

—De eso puedes estar segura, cariño. Te llevaré allí a comer una hamburguesa con malteada tan pronto como eso suceda. ¿Trato hecho?

—Trato hecho.

La noticia de papá y los portazos

Como todo estudiante de secundaria, Amari siempre esperaba los viernes con ansia. Pero el viernes era su día favorito de la semana no solo por ser el último. Por un lado, podía procrastinar sus montones de tareas sin sentirse culpable, pues tenía dos días más para hacerlas.

Además, a veces, ella y Jackie se iban de compras el viernes a las extravagantes tiendas de la plaza de Mattapan. Normalmente se conformaban con mirar las vitrinas de la tienda por departamentos Grant's, pues no tenían suficiente dinero para comprar nada. Sin embargo, unos meses atrás, Amari trajo el dinero que su abuela y sus tías le regalaron por su cumpleaños y se compró un vestido verde limón y amarillo con magas tipo raglán. Ese día, camino a casa con su bolsa de compras, se sentía como una señora blanca adinerada. Se puso ese vestido muchos domingos para ir a la iglesia, con sus zapatos favoritos, unos de charol que su madre le había comprado en Grant's.

Este viernes, Jackie tenía que ir a Kresge's Dive and Dime para comprar champú Prell para su madre. A Jackie le encantaba el olor del champú y a Amari le fascinaba su color verde encendido. Jackie también puso un labial Maybelline color fucsia en su canasta de la compra.

—¿Para quién es eso, Jacks? —le preguntó Amari levantando las cejas.

—Es para mí, tonta. Ya tengo catorce años y medio. Me gusta este color y tengo suficiente dinero para comprarlo, por haber cuidado a los terribles niños de los Williams el fin de semana pasado —dijo Jackie, arrugando los ojos, aunque se estaba esforzando por no sonreír de oreja a oreja, como el gato Cheshire. Jackie estaba obsesionada con los productos de belleza de su madre y se moría de ganas de comenzar a usar maquillaje.

—Es un bonito color, sin duda, pero pensé que tu madre había dicho que tenías que esperar a cumplir los dieciséis —muy a pesar de Jackie en este momento, Amari era muy rigurosa con los detalles. Ella también tenía muchas ganas de comprar sus propios cosméticos, pero le preocupaba que la pillaran en casa si llegaba con alguno sin pedir permiso.

—Sí, bueno, puedo jugar un poco cuando ella no esté en casa, ¿verdad? —la sonrisa de Jackie se relajó un poco. Se había entusiasmado mucho con la idea de comprarse el labial, aunque fuera en contra de las normas de su madre. Amari se sintió un poco mal por haber dejado escapar lo que pensaba. Quizás tenía envidia.

Cuando salieron de Kresge's, el viento estaba soplando fuerte y levantaba la nieve de la acera. Parecía que estuvieran atrapadas dentro de un globo de nieve. Ninguna de las dos quería caminar más de lo necesario. Como la plaza de Mattapan estaba a la misma distancia de las casas de las dos chicas, cada una tomó su camino cuando Jackie terminó de hacer sus compras.

—Nos vemos el lunes, Jacks.

—Adiós, Amari. Que tengas un buen fin de semana —dijo Jackie, y cruzó la calle rápidamente para dirigirse a casa.

Quince minutos después, Amari tiró su mochila en su cuarto y se cambió de ropa. Estaba emocionada porque en su casa habría "viernes divertido". Era una tradición que tenían Amari y su madre todos los viernes por la tarde: tomaban el tranvía hacia el centro de Boston para reunirse con el padre de Amari a la salida del trabajo. Tenían varios lugares favoritos para cenar, dependiendo del tiempo y de sus antojos. Amari comenzó a pensar a qué restaurante irían esa noche. Diez minutos antes de la hora en que se suponía que debían salir a tomar el tranvía, timbró el teléfono.

—¿Quién llamaba, mamá?

—Era tu papá, cariño. Dice que nos quedemos en casa esta noche porque nos tiene una noticia.

—¿Dijo qué noticia? —Amari se llenó de curiosidad. A su papá le encantaba la tradición del "viernes divertido".

—No. Supongo que tendremos que esperar para enterarnos.

El doctor Johnson entró por la puerta una media hora después. Le dio un beso en la frente a la señora Johnson.

—Hola, hermosa. Lamento haber arruinado el plan del viernes por la noche.

—Está bien, Lamar —dijo la mamá de Amari, un poco nerviosa—, pero no tuve tiempo de preparar nada para la cena. Puedo hacer algo rápido, tipo desayuno.

—¿Podemos comprar comida, porfis? —sugirió Amari, parpadeando rápidamente con sus largas pestañas.

—Buenísima idea, mi amor… Sandra, Amari, voy a salir a comprar comida y regreso. No te preocupes. Fui yo quien cambió los planes —el doctor Johnson se cambió rápidamente la ropa para estar más cómodo, y él y Amari salieron de la casa.

Mientras caminaban por las calles ligeramente nevadas de Mattapan, Amari trató de convencer a su padre de que le diera la noticia del "viernes divertido". Pero él no cedió, diciéndole en broma que iba a necesitar toda su energía mental para decidir qué comida comprar. Amari sonrió. Le encantaba comprar comida para llevar, ya que era algo inusual. La señora Johnson era excelente cocinera y estaba convencida de que la comida que se podía comprar no era tan buena como la que se preparaba en casa. Y probablemente tenía razón.

Cuando pasaron frente al restaurante Walker's, Amari estuvo tentada a comprar pollo frito, panecillos y puré de papa con mantequilla. Pero luego se le ocurrió ir a la *delicatessen* del barrio para comprar sándwiches de carne asada y ensalada de repollo. Después de mucho pensarlo, se decidió por comida china. El arroz frito con cerdo, las tiras de pollo y el *chop suey* de China Pearl olían delicioso. Amari y su papá esperaron unos quince minutos en una mesa de plástico mientras les preparaban la comida, pues hacía mucho viento para caminar afuera sin congelarse. Jugaron al ahorcado en servilletas de papel para pasar el tiempo. Amari caminó más rápido que de costumbre de regreso a casa, en parte para que la comida no se enfriara.

Frente a la pastelería de Linda Mae, Amari pidió una última cosa:

—¿Qué tal si sorprendemos a mamá con un pastel de cerezas de aquí, papá? —sabía que su madre era fanática de los postres de Linda Mae, pero nunca se compraba uno.

—Qué buena idea, Amari. ¿Por qué no?

Entraron rápido a la tienda y agarraron el último pastel de cerezas antes de que Linda Mae volteara el aviso de la puerta para que se viera "cerrado".

Al comienzo, los Johnson conversaron muy poco en la mesa mientras cenaban. Solo se escuchaban los suspiros felices de los comensales disfrutando la comida. Al terminar el plato principal, el padre de Amari levantó su vaso de agua y le dio golpecitos con una cuchara, como se hace a veces en las recepciones matrimoniales.

—Atención, damas. Tengo un anuncio que hacer. Me acaban de informar que la escuela de medicina de la Universidad de Shaw me ha ofrecido trabajo.

—¿De verdad, Lamar? —la señora Johnson se quedó sin aliento— ¡Guau! Sin duda es una gran noticia. ¡Felicitaciones! —dijo, y guardó silencio mientras le servía a cada uno una generosa tajada del pastel de Linda Mae, que lucía suculento.

Amari se veía como una ardilla tratando de decidir si regresar corriendo a la acera o correr para ganarle al auto que avanzaba en dirección a ella.

—¿Qué? Estoy confundida. No sabía que estabas buscando otro trabajo, papá. ¿Shaw está en Boston? No había oído nunca hablar de esa universidad.

Los padres de Amari se miraron.

—No exactamente, mi amor —dijo su padre—. Shaw está en Raleigh, Carolina del Norte.

—¿Qué? ¿En Carolina del Norte? ¿Cuándo te postulaste para ese trabajo, papá? —Amari estaba realmente aturdida.

El volumen y el tono de su voz se elevaron—. Tú no vas a aceptar ese trabajo, ¿verdad, papá? Pensé que odiabas el racismo que viviste de niño en Georgia. No veías la hora de mudarte al Norte. Cada vez que vamos a visitar a tus hermanas, te quejas al ver los letreros que dicen "solo para gente de color" y todas las Leyes Jim Crow.

—Amari, no le faltes el respeto a tu padre. No eres tú quien debe tomar esa decisión —la reprendió su madre con gentileza.

El doctor Johnson se quitó los anteojos y los colocó con cuidado sobre la mesa del comedor. Se refregó los ojos con los dedos por un momento, antes de hablar.

—Entiendo que esto te cause estupor, Amari. Pero no creí que tuviera sentido hablarles sobre un trabajo que podrían ofrecerme o no antes de que ellos tomaran una decisión. Por favor, escúchame un momento. La Universidad de Shaw tiene una escuela de medicina muy prestigiosa. Este puesto me permitiría educar a la próxima generación de médicos negros. Necesitamos más médicos bien entrenados, especialmente en el Sur. Además, como sabes, tu abuela Rose está envejeciendo y cada día está más frágil. Este trabajo nos acercaría a nuestra familia. Sé que tu madre también extraña a sus hermanas, que viven en Carolina del Sur.

Amari apenas tocó el pastel, segura de que le estaba saliendo vapor por los oídos.

—He vivido en Mattapan toda mi vida, y aquí están todos mis amigos. Cuando vamos al Sur en el verano hace mucho calor y es pegajoso. Odio los estúpidos parques, piscinas, salas de cine y todos los lugares segregados. ¡Tamara pudo vivir aquí hasta que se fue para la universidad! ¡Yo no me iré! —vociferó. Luego subió las escaleras corriendo y cerró su habitación de un portazo.

Adiós, Boston

Amari no terminó su pastel de cerezas esa noche. Después de aquella nefasta cena, pasaron muchas noches en las que se quedaba dormida sollozando en silencio sobre su almohada. Pero, poco a poco, durante el mes y medio que siguió al anuncio de su padre, Amari terminó por hacerse a la idea de que de verdad se iba a ir de Mattapan. En varias ocasiones, la señora Johnson le recordó que su nombre, Amari, venía de la palabra yoruba que significaba "fortaleza".

Como no había nada que ella pudiera hacer para librarse de la inevitable mudanza, Amari decidió aprovechar el tiempo que le quedaba con Jackie y su familia en Boston. En su querido diario, hizo una lista larga y detallada de todas las cosas que deseaba lograr y ver antes de marcharse.

Una noche, después del ritual del "viernes divertido", Amari y sus padres fueron al Museo de Ciencia. A Amari le encantaba sentarse en el planetario con el cuello estirado, mirando hacia la infinidad de estrellas que flotaban sobre su cabeza. Escuchó atentamente la charla sobre el cielo para averiguar qué estrellas estarían visibles esa noche. Y, aunque la mayoría de los asistentes al programa del búho Spooky eran niños, a Amari no le importó sentarse en el piso del museo con las piernas cruzadas para escuchar una exposición sobre los diferentes tipos de búhos y lechuzas. A veces pensaba que ser ornitólogo podría ser un trabajo genial, especialmente si podía viajar por el mundo buscando especies de aves exóticas.

Los últimos días antes de la mudanza fueron raros. El doctor Johnson no fue a trabajar al hospital. Pidió vacaciones para poder pasar unos días con Amari antes de comenzar su nuevo trabajo en Shaw. A ella le pareció muy lindo de su parte, especialmente porque ella había estado temperamental e irritable durante las últimas semanas.

El sábado antes de la mudanza, Amari y su padre pasaron todo el día juntos, lo cual era un privilegio que podía disfrutar muy rara vez. La señora Johnson todavía estaba empacando sus mejores platos y electrodomésticos, y metiendo en cajas toda la ropa. Amari y su papá salieron a desayunar, y pidieron panqueques de arándanos bañados en mantequilla y jarabe de arce. Su padre hasta le permitió pedir un café de verdad, cargado de cafeína, como el suyo, algo con lo que su madre jamás hubiera estado de acuerdo. Amari tomaba sorbos del café de su papá desde que estaba pequeña. Había algo en su rico aroma y en la sensación de sostener la taza caliente que a ella le parecía reconfortante y muy adulto.

—¿Qué se te antoja, jovencita? Yo estaré encantado de acompañarte adonde sea que quieras ir hoy. Hace un lindo día. Hace un sol radiante y la bella ciudad de Boston nos espera —dijo su papá.

—¿Podemos recorrer algunas secciones del Sendero de la Libertad? Me gusta investigar edificios antiguos y averiguar qué pasó en cada uno. Podemos dar un paseo por el Parque Central de Boston y luego ir al North End a comer esas galletas italianas y *cannolis* de la pastelería de Mike. Si sigue haciendo buen día, podemos comernos esas golosinas afuera, en algún parquecito. ¿Qué opinas? —Amari le regaló a su padre una sonrisa de oreja a oreja, complacida con el plan que había soñado y apuntado en su diario hacía unas semanas.

—Me suena a un día perfecto, cariño. Creo que has pensado muy bien tus últimas aventuras en la ciudad. Estoy impresionado

—el doctor Johnson tomó a su hija de la mano—. Déjame pagar la cuenta y nos marchamos, libres como el viento.

El día transcurrió tal y como lo había planeado Amari. Ella y su padre lo pasaron muy bien visitando viejas librerías, comprando nueces sazonadas en un puesto callejero y leyendo placas históricas en varias iglesias y cementerios de Boston. Lo único que no salió perfecto fue que en la pastelería de Mike ya no quedaban *cannolis*, así que Amari se conformó con un *gelato* de pistacho. También se acordó de comprarle una torta de ron a su madre, ya que ese era su postre favorito.

La noche antes de la mudanza, Amari invitó a Jackie a una cena de despedida, con macarrones con queso. La señora Johnson les tomó varias fotos con la nueva cámara Nikon de la familia. La fotografía era uno de sus pasatiempos. Jackie le regaló a Amari un dibujo de las dos que había hecho para decorar la nueva habitación de

Amari en Raleigh. Se le salieron las lágrimas cuando se lo entregó a su mejor amiga.

—Te voy a extrañar muchísimo, Amari. La escuela va a sentirse muy extraña sin ti. ¿Me prometes que vas a escribirme? —Jackie abrazó a Amari como si quisiera retenerla para que no se marchara.

—Por supuesto que te escribiré, Jacks —Amari también lloró—. Ya sabes que me encanta escribir. Y quizás tu mamá te permita venir a visitarnos una semana durante las vacaciones de verano.

El doctor Johnson y Amari acompañaron a Jackie a casa después de la cena. Las dos chicas se abrazaron de nuevo por última vez, y luego Jackie subió las escaleras que conducían a su departamento, tratando de contener las lágrimas.

Al día siguiente, muy temprano, llegó el camión de mudanzas. Cuatro hombres enormes hicieron docenas de viajes entrando y saliendo de la casa de Amari, cargando los pesados muebles como si no pesaran nada. En menos de cuatro horas, montaron todo en el camión. La única casa en la que Amari había vivido desde que tenía memoria estaba ahora vacía. Se sentía muy raro. Pero no había tiempo que perder, pues tenían que estar en Raleigh al día siguiente a la hora de la cena para recibir al camión de mudanzas. Amari le tenía miedo al viaje de doce horas que iban a hacer. Odiaba permanecer encerrada durante tantas horas, aunque también tenía un poco de curiosidad por lo que vería por el camino.

—Adiós, casa —dijo Amari en voz baja. Subió al asiento trasero del auto con Rosie, su viejo y querido osito rosado. Fue el regalo de su tía Rosie en su primer cumpleaños.

El papá de Amari puso sus mapas en el asiento de adelante. Su madre se puso sus gafas de sol, y los tres partieron, tomando la ruta 95 en dirección sur.

Las primeras horas pasaron rápido, en parte porque Amari se quedó dormida al poco tiempo de haber salido, en algún lugar de Rhode Island. La empacada, los últimos paseos por Boston y las despedidas la habían dejado agotada física y emocionalmente. Cuando se despertó, escuchó que sus padres hablaban sobre logística. Miró por la ventana, intentando descongelarse.

—¿Podemos parar pronto para ir al baño? —preguntó.

—Claro, cariño. Estaré pendiente por si veo una parada de descanso. No me vendría mal estirar las piernas —dijo el doctor Johnson.

Se detuvieron en un estacionamiento pasando la frontera con Nueva Jersey. Amari se puso furiosa cuando vio los letreros de "solo para gente de color" junto a los bebederos de agua y los baños. Podría haber boicoteado las instalaciones, pero tenía muchas ganas de ir al baño. El baño de las mujeres estaba asqueroso.

—Apuesto a que el baño para blancos estaba mucho más limpio que el nuestro —se quejó Amari al regresar al auto—. Y jamás se me ocurriría beber en la fuente para negros. Parecía como si no la hubieran limpiado en siglos. ¡Qué asco!

Sus padres estuvieron de acuerdo con ella, pero la señora Johnson dijo que quería tratar de tener una actitud positiva durante el viaje. El padre de Amari propuso que jugaran algo. Era fanático de los juegos: Scrabble, Monopoly, damas… lo que fuera.

A pesar de que no tenía humor para comenzar el juego, Amari estuvo de acuerdo con la idea. Primero jugaron I Spy. Luego, el juego de las matrículas de los autos. Amari se sintió orgullosa cuando vio una de Alaska y otra de Nuevo México. Después siguieron con el juego favorito de Amari para los paseos en el auto, que consiste en que una persona comienza un cuento y la siguiente le añade una oración, y así sucesivamente. Los tres Johnson inventaron un cuento de viaje muy bueno sobre un hombre llamado Félix que abrió la tienda de dulces más grande del mundo en una isla del océano Índico.

Saliendo de Baltimore, Amari comenzó a ponerse inquieta, así que decidieron buscar donde pasar la noche. Se estacionaron frente al motel Greendale Motor Lodge. El doctor Johnson dejó a Amari y a su madre en el auto, y entró a averiguar si tenían una habitación disponible. Le negaron la atención porque era negro. Entonces se dirigió al motel de al lado. Sucedió lo mismo. El doctor Johnson trató de mantener la calma, pero Amari notó que comenzaba a alterarse.

—¿Cuántos años hice en la escuela de medicina? ¿Cuántas vidas he salvado en un gran hospital de Boston? ¿Y todavía no soy lo suficientemente bueno para alojarme aquí? ¿Mi dinero vale menos que el dinero de un hombre blanco?

—La señora Johnson y Amari no dijeron nada, pues sabían que él necesitaba un momento para desahogarse.

Por fin, después de tres intentos, los Johnson encontraron un lugar que ofrecía alojamiento para personas negras. Bajaron sus maletas y luego fueron caminando a un restaurante que les recomendó el dueño del motel. Amari decidió que un poco de música de la rocola les vendría bien para relajarse. Le pidió a su madre monedas de diez centavos. La Seeburg Select-o-Matic chirrió al entrar en acción. La primera canción comenzó a sonar en el momento en que Amari estaba regresando a la mesa. Mientras esperaban que les sirvieran la comida, Amari bailó en la mesa cuando sonaron "Shimmy, Shimmy, Ko-Ko Pop", de Little Anthony and The Imperials, y "Wild One", de Bobby Rydel. Su madre se dejó contagiar del ánimo de Amari, y zapateó cuando sonó "Baby (You've Got

What It Takes)", de Dinah Washington y Brook Benton. La alegre vibra de la música los animó a todos.

Amari se metió a la cama con su piyama lila favorita.

—Mañana estaremos en nuestra nueva casa —le dijo su madre, besándole la frente—. Y como esta semana no hay clases por las vacaciones, tendrás todos estos días para sentirte cómoda antes de entrar a tu nueva escuela.

A Amari le costó dormirse. Se preguntaba cómo sería su nueva escuela y cómo sería la vida en Carolina del Norte. Sentía mariposas en la barriga. Y no de esas amarillas, pequeñas. Eran más como esas gigantes que se ven en fotos de las selvas tropicales.

Una nueva casa, una vibra extraña

Esa noche, Amari tuvo varios sueños extraños. Soñó con unas niñas malvadas que le echaban la leche encima en la cafetería de la escuela. Soñó que todo el pelo se le había caído porque su mamá le había dejado los químicos suavizantes durante mucho tiempo, así que había tenido que ir a la escuela prácticamente calva. Soñó que tenía un hermano mayor que iba a su misma escuela. Cuando amaneció, Amari se sintió como si hubiera vivido un millón de aventuras en la vida real. Estaba agotada.

Las últimas cinco horas del viaje a Raleigh se pasaron muy rápido. Amari disfrutó la vista del lago Anna y el río James desde la ventana del auto. Había más letreros de "solo para gente de color" en la parada de descanso en Virginia. Pero Amari se dijo que quizás la idea que su madre había tenido la noche anterior era la correcta: debía enfocarse en el lado positivo. Definitivamente, era absurdo enojarse cada vez que tenía que usar el baño.

Ya cerca de la ciudad de Raleigh, la señora Johnson fue dirigiendo el trayecto, ya que era excelente para leer mapas. El padre de Amari salió de la autopista. Mientras serpenteaban por las calles del centro de Raleigh, Amari abrió la ventana. Le encantó sentir sobre el rostro el sol y la brisa, que se sentía mucho más cálida que en Boston. Al cabo de unos minutos, vio un aviso que decía Battery Heights.

—¿No es ahí donde queda nuestra casa? —le preguntó a su madre.

—Qué buena vista, Amari. Tienes razón. Debemos de estar cerca —respondió la señora Johnson—. Lamar, haz una izquierda en dos cuadras, en la calle Miller.

Amari movía la cabeza rápidamente de lado a lado, como si estuviera viendo un partido de tenis entre Rod Laver y Alex Olmedo. Intentó absorberlo todo: el tipo de flores que la gente sembraba, dónde estaban los buzones, los colores de las casas, etc. El vecindario se sentía definitivamente menos urbano que el de Mattapan, pues no había edificios de apartamentos de dos o tres pisos. Todo era muy diferente. Las casas de Battery Heights estaban alejadas de la calle. La mayoría parecía tener solo una planta. No vio ninguna tiendita de barrio como la de Parker. Amari se preguntó dónde podría ir una chica negra como ella si tenía dinero para comprar dulces o para compartir una merienda con sus amigas. "Si es que consigo alguna aquí", pensó.

Amari estaba agitada por todos los pensamientos que le pasaban por la mente cuando su madre anunció:

—Llegamos. Esta es.

—¿Cómo te parece, Amari Jane? —le preguntó su padre tras estacionarse en la entrada para el auto.

—Guau, ¡qué bonita! —respondió Amari—. El vecindario se ve moderno y como lujoso. ¿Cuántas casas vieron tú y mamá ese fin de semana que me quedé donde Jackie?

—Unas siete u ocho, creo —dijo su mamá—. Esta tiene mucha luz. Sé que a ti y a tu padre no les gustan los cuartos oscuros. El agente inmobiliario nos dijo que en Battery Heights la gente tiene una vida social activa, con fiestas de piscina y de tenis, y reuniones de vecinos en los días feriados. Aparentemente, también viven una buena cantidad de chicos.

—Todo suena muy bien. ¿Puedo entrar a explorar la casa? —Amari estaba ansiosa por ver cómo era la casa por dentro.

—Por supuesto —dijo su papá—. Solo déjame buscar la llave en el sobre que tengo por aquí.

Amari entró y recorrió rápidamente las habitaciones. La casa tenía tres dormitorios de buen tamaño; una cocina con una pequeña barra para el desayuno; un comedor formal; un baño sencillo con baldosas rosadas e inodoro del mismo tono; y una sala grande. Todas las habitaciones tenían ventanas, pero la de la sala estaba dividida en tres secciones que se abrían y daban al jardín de enfrente. Quienquiera que haya vivido allí debía de tener muy buena mano para las plantas. Había un árbol de magnolias que comenzaba a echar brotes.

Amari se moría de ganas por saber cuál iba a ser su dormitorio. Su papá dijo que podía escoger cualquiera de los dos pequeños, ya que Tamara no tendría ningún reparo. Al fin de cuentas, ahora vivía en la universidad la mayor parte del año. Amari escogió el que estaba en el extremo de la casa. Las paredes eran verde claro y tenía dos ventanas; y por una de ellas se veían varios árboles. Hasta tenía un pequeño clóset. Su antigua habitación de Boston tenía un pequeño armario empotrado en la pared, pero no tenía clóset.

Su mamá le había contado durante el viaje que la casa de Raleigh había sido construida apenas hacía un par de años, así que todo estaba en buen estado. Contrario a Mattapan, que era un barrio antiguo, Battery Heights había comenzado a desarrollarse hacia 1956. Por eso se veía más moderno que su viejo vecindario.

Amari y sus padres entraron las pocas maletas que tenían en el auto. Amari tenía muchas ganas de explorar todos los recovecos del patio y de caminar por el vecindario. Desafortunadamente, su padre tenía otros planes.

—Sé que acabamos de llegar, Amari, y que has estado metida en el auto por mucho tiempo, pero la gente de la mudanza llegará en un par de horas. Como mañana es domingo y la tienda de abarrotes estará cerrada, creo que debemos ir a hacer al menos un pequeño mercado para el fin de semana. Tú y tu madre podrán ir a hacer una compra más grande el lunes, cuando yo me vaya a trabajar.

—¡Rayos! Yo quería quedarme aquí —dijo Amari—. Sí, señor, ya voy —añadió luego de que su padre le respondiera levantándole las cejas.

Encontraron un mercado A&P no muy lejos de allí, y regresaron con algunas bolsas. A Amari le pareció raro que prácticamente toda la gente que estaba en la tienda fuera negra. No vio a ninguna persona blanca ni tampoco escuchó a nadie hablar otro idioma que no fuera inglés, lo cual era muy diferente a lo que se veía en los mercados de Mattapan.

La gente de la mudanza se demoró más de lo esperado. Ya estaba oscuro cuando llegaron. Cuando se fueron, eran casi las diez. A Amari no le gustó la idea de no poder dormir en su cama. Con unas mantas que encontró en una caja que estaba bien rotulada, se acomodó para pasar la noche sobre la alfombra de su nuevo cuarto.

El lunes por la mañana, el papá de Amari se levantó y salió muy temprano. Ella supuso que estaba nervioso porque no sabía cómo sería el tráfico y quería llegar puntual a su trabajo. Amari se sentó en la barra de la cocina a comer un tazón de Corn Flakes.

—Mamá, ¿podemos ir hoy a la ciudad? Me gustaría comprar cosas para decorar mi cuarto; por ejemplo, un tablero de anuncios y un marco para colgar el dibujo que Jackie hizo de las dos.

—No veo por qué no. Yo también tengo que hacer unas diligencias. Las tiendas ya estarán cerradas cuando papá haya regresado del trabajo con el auto. Ponte un bonito vestido, por favor.

—¿Por qué? Pensé que solo íbamos a hacer diligencias —dijo Amari.

—Solo te puedo decir que tengo una idea de cómo son las cosas en Raleigh, ¿bueno?

Amari se puso su vestido largo amarillo y un lazo del mismo color en el pelo. También sus aretes de perlas favoritos. Su mamá se veía bonita, como siempre, pero estaba un poco inquieta. Amari decidió no preguntarle qué le pasaba. Las dos salieron y esperaron en la parada del autobús.

Como a los diez minutos, un autobús de la ciudad de Raleigh se detuvo frente a ellas. Luego de pagar su pasaje, Amari avanzó por el pasillo. Los pasajeros blancos estaban sentados adelante, y se quedaron mirándola al pasar. Amari trató de evitar mirarlos a los ojos y siguió caminando hasta llegar cerca de la puerta trasera. Algunos pasajeros negros se quedaron mirándola, y otros miraban por la ventana o hacia el piso. Ella se sentó, sintiéndose rara y fuera de lugar. Su madre no le hizo conversación, como acostumbraba en el tranvía de Boston. En cambio, se quedó con la mirada posada sobre su cartera. Al cabo de un rato, el conductor anunció: "Centro de Raleigh. Última parada de este bus".

Amari quería caminar por algunas calles del centro antes de decidir dónde hacer sus compras. Frente a Kress, Hudson-Belk y Woolworth's había unos letreros. Uno decía: "Expendio de almuerzos cerrado temporalmente". Otro: "Cerrado por seguridad pública". El tercero decía: "Nos reservamos el derecho a atender al público según nos parezca conveniente". Amari le preguntó a su madre qué significaban esos letreros.

—Algunos negocios prefieren cerrar sus cafeterías y perder dinero a atender a personas como tú y yo —dijo su madre, decepcionada—. Los estudiantes de Shaw y St. Augustine han hecho muchas protestas aquí en Raleigh contra los locales segregados. Aquí está pasando lo mismo que está sucediendo en Greensboro.

—Me alegro —asintió Amari—. Escuché en la radio que el Teatro Ambassador todavía tiene entradas separadas para negros y blancos. Tamara puede ver una película de estreno y sentarse donde quiera en Washington D. C. No hay nada malo en nosotros.

—Estoy de acuerdo, mi amor. Te lo aseguro. Vamos a comprar el periódico para que puedas enterarte de otras cosas que estén sucediendo aquí en Raleigh. Mientras tanto, debemos comprar las cosas para decorar tu cuarto y tus útiles escolares.

Tuvieron que buscar en diferentes tiendas para encontrar todo lo que había en la lista de

Amari. En todas las tiendas, los empleados blancos la observaban mientras ella elegía los artículos. La miraban como si pensaran que se iba a robar la mercancía. A ella no le gustó sentirse observada de esa manera.

Durante la semana, Amari y su mamá se familiarizaron con Raleigh y Battery Heights. Una de sus vecinas les trajo un pastel de durazno. Otra les dejó una canasta de panecillos y salsa. Amari había visto a varios niños de lejos, pero ninguno de su edad. Al parecer, podría haber oportunidades de trabajar como niñera.

La noche antes de su primer día en su nueva escuela, Amari dedicó un montón de tiempo a escoger su ropa para el día siguiente. Al final se decidió por un conjunto de suéter y falda que había comprado antes de dejar Boston. Esa noche también le pidió a su madre que le alisara el cabello. Odiaba el olor de los suavizantes de pelo. Le hacían arder los ojos e impregnaban toda la casa. Pero quería ir a la escuela con el pelo tan suave como fuera posible. No sabía qué estaba de moda en Raleigh. No quería llamar mucho la atención en su nueva escuela secundaria si podía evitarlo.

Drama después de clases

En su primer día de clases en Raleigh, Amari se despertó mucho antes de que sonara la alarma. Le costó mucho comerse el pan tostado con mantequilla y azúcar de canela que le hizo su madre.

—Me duele el estómago, mamá. ¿Tengo que ir hoy? Quizás puedo comenzar las clases en septiembre, ya que de todas maneras solo queda un periodo para finalizar este año escolar —suplicó.

—Sé que te sientes terriblemente nerviosa, mi amor. Es completamente normal. De hecho, sería raro que no te preocuparas. Pero lograrás superarlo, clase por clase, como cuando entraste a Charles Taylor.

La señora Johnson agarró la mochila y el almuerzo de Amari, y caminó con ella hasta el final de la calle. Habían hecho el recorrido la semana anterior para que Amari conociera el camino a la escuela. La Escuela Secundaria Battery Heights solo quedaba a doce minutos de su casa, caminando.

Cuando se acercó a las escaleras de la escuela, Amari sintió un sabor ácido subiendo hasta su garganta. No conocía a nadie. Ni a una sola alma. En su ciudad, siempre caminó a la escuela con Jackie. Todos los días, desde el primer año de la primaria, siempre juntas. A menos que Jackie estuviera enferma, Amari nunca tuvo que llegar sola. Con timidez, subió las escaleras, ignorando todos los ojos desconocidos que la observaban. Las puertas de madera de la entrada le parecieron enormes y pesadas cuando jaló las manijas. Echó un vistazo al corredor, y vio grupos de chicos. Algunos se veían rudos, ataviados con botas y chaquetas de cuero. Pero, como en cualquier escuela secundaria de Estados Unidos, también había muchachas muy hermosas, conversando junto a los casilleros.

Como Amari todavía no tenía su horario, se dirigió a la oficina. La secretaria le entregó un papel y le dio el nombre de su aula principal: 312A. Su escuela de Mattapan tenía tres pisos, lo cual significaba que era compacta y fácil de navegar. Su nueva escuela ocupaba toda una manzana, así que le parecía gigante comparada con aquella. Como su nueva casa, tenía una sola planta. Amari supuso que los edificios eran así para manejar mejor el calor. Ninguna escuela para niños negros tendría aire acondicionado para la temporada más calurosa.

El sonido del primer timbre la hizo saltar, y ríos de estudiantes pasaron junto a ella. Todavía estaba buscando su aula, pero nadie se detuvo a preguntarle si necesitaba ayuda. Sonó el segundo timbre. "Rayos, voy tarde", dijo entre dientes, resoplando. Luego de un par de minutos, encontró el aula 312A. Su maestra guía, la señora James, le buscó un asiento libre, y después la acompañó a su clase del primer periodo.

Las primeras cuatro clases transcurrieron bien. En todas, el maestro le pidió a Amari que se presentara antes de entregarle su libro de texto, lo cual a ella le pareció una tortura. Para su sorpresa, algunos de los libros estaban en peores condiciones que los de su vieja escuela, lo cual le había parecido imposible. Como era nueva, no dijo nada. Al almuerzo, se sentó en una mesa al fondo de la cafetería, esperando pasar desapercibida. Se comió su sándwich de mantequilla de cacahuate y sus galletas con chispitas de chocolate tan rápido como pudo, con la mirada clavada en la mesa. No quería hacer más evidente el hecho de que no tenía amigos.

La carga de tareas era menor que en Boston, lo cual estaba bien. Pero en algunas clases había más problemas de conducta: chicos gritando sus respuestas en lugar de levantar la mano; otros lanzando bolitas de papel y pasándose notas. A Amari le costó mucho concentrarse. Cuando sonó el timbre de las 2:00, Amari no veía la hora de salir de allí. Sin embargo, decidió esperar unos minutos antes de empacar en su mochila lo que necesitaba llevar a casa. Esperaba que durante ese tiempo el caos de la salida de clases se hubiera calmado un poco.

Cuando por fin comenzó a caminar rumbo a casa, las aceras se veían atestadas, llenas de extraños. Entonces decidió probar una ruta alterna donde hubiera menos gente. Un par de cuadras más abajo había un grupo de muchachos blancos en la entrada de una tienda. Amari escuchó algunos gritos y risas, pero no les hizo caso. Entonces, por pura curiosidad, volteó a mirar para saber a qué se debía el escándalo.

—Oye, niña, ¿qué haces en nuestro territorio? —dijo uno de los muchachos—. Los chicos negros no pueden comprar gaseosas aquí. ¡Regresa a tu zona de la ciudad!

Amari bajó la vista y comenzó a caminar más rápido. Lamentablemente, algunos de los muchachos comenzaron a seguirla. Ella corrió tan rápido como pudo, con su pesada mochila en la espalda, pero los chicos la persiguieron por un par de cuadras. Sintió las correas de cuero de su abarrotada mochila clavándosele en la espalda, pero no se atrevió a reducir la velocidad. Al fin, dio vuelta en la calle donde comenzaba su vecindario, jadeante y empapada en sudor, y se dio cuenta de que estaba sola. Entró a su casa como un huracán, con los ojos llenos de lágrimas.

—¿Qué pasó, Amari? —preguntó la señora Johnson, estupefacta— ¿Por qué estás llorando?

Amari todavía tenía el pecho agitado por la carrera, y trató de recobrar el aliento.

—Me… me… persiguieron hasta la casa —balbuceó Amari entre sollozos—. Me dijeron que regresara a *mi* zona de la ciudad.

—¿Quién te dijo eso? ¿Quién te persiguió, cariño? —preguntó su mamá, furiosa.

Amari le relató de principio a fin lo que le había pasado todo ese asqueroso día. Cuando terminó, y dejó de llorar, preguntó si podía llamar a Jackie.

—Sí, Amari. Solo recuerda que es una llamada de larga distancia y es costosa, así que tienes que ser relativamente breve, ¿bueno?

Amari se sintió mucho mejor después de su conversación con Jackie. Sabía que así sería. A Jackie le dio mucho gusto escuchar la familiar voz de su mejor amiga y saber todo acerca de su nueva casa y escuela. Le sugirió acercarse a los chicos más callados de sus clases. Quizás así encontraría gente para sentarse a almorzar y también para caminar a casa. Antes de colgar, las dos amigas prometieron escribirse cartas ese fin de semana.

Amari se dirigió a su habitación, que se veía mucho mejor con el tablero que había llenado de fotos de Mattapan y de su antigua casa, cintas de un baile en el que participó y un marcador de libros colorido que Jackie le había pintado el año pasado en la clase de arte. Con el nuevo cubrecama lila, el cuarto se veía alegre y lleno de promesas. Aunque la misma Amari no se sentía así.

Luego de hacer tareas de Matemáticas e Inglés, Amari encendió el radio transistor que le habían regalado en Navidad. El presentador de noticias reportó que las sentadas continuaban en Greensboro. Escuchó fascinada las entrevistas a algunos de los estudiantes que habían participado en las sentadas. Uno dijo que un hombre blanco le había derramado salsa de tomate en la cabeza y otra dijo que unas personas blancas la habían escupido. A muchos les gritaron insultos racistas. Aun así, todos permanecieron comprometidos con los métodos no violentos de protesta.

Amari se quedó estupefacta al ver la capacidad de esos estudiantes de permanecer en calma a pesar de enfrentar semejantes hostilidades. Los estudiantes, de ambos sexos, simplemente esperaron y esperaron a que los atendieran en el expendio de almuerzos de Woolworth's. Algunos se pusieron a estudiar en la barra para hacer algo productivo durante ese tiempo. Pero siguieron realizando, día a día, su trabajo en favor de la igualdad racial. Como declaró un representante de la NAACP: "Estos jóvenes, líderes del mañana, buscan mucho más que la oportunidad de comer en los lugares públicos donde comen otros.

Persiguen autorespeto, reconocimiento y dignidad".

En el siguiente segmento de la transmisión radial, Amari escuchó que el doctor Martin Luther King Jr. iba a ir a reunirse con estudiantes de la Universidad de Shaw. Amari había leído en los periódicos montones de artículos sobre el trabajo que el doctor King estaba realizando en ciudades de toda la nación. En su clase de ciencias sociales de la escuela primaria, había estudiado lo que había hecho el doctor King durante el boicot de autobuses de Montgomery, Alabama. También había visto un programa de televisión sobre la Conferencia Sureña de Líderes Cristianos y el trabajo que realizaba para registrar votantes negros en el Sur.

Amari se imaginó cómo sería tener la oportunidad de escuchar al doctor Martin Luther King Jr. Se maravillaba de ver el gran orador que era. Su madre hablaba con frecuencia de todo el trabajo maravilloso que el doctor King estaba haciendo por la gente negra de todo Estados Unidos.

—Amari, la cena está lista —la voz grave de su padre en el corredor captó de repente la atención de Amari. Ella apagó el radio y se dirigió al comedor.

Durante la cena, Amari le contó a su padre sobre el mal día que había tenido en la escuela.

—El primer día siempre es difícil —le dijo él—. Seguro que va a mejorar, Amari.

Ella asintió. Quizás su padre tenía razón. Pero sin duda, no iba a cometer el mismo error de usar una ruta diferente para regresar a casa.

—Papá —dijo Amari, cambiando de tema—, ¿crees que podamos ver al doctor King cuando venga a Shaw? Tú enseñas allí, así que estoy segura de que podrás asistir.

—Espera un momento, jovencita —sonrió

su padre—. No sabía que el doctor King iba a venir a Shaw. Recuerda que estoy en la parte del campus donde está la escuela de medicina, y aún no he terminado de leer el periódico de hoy —se quitó las gafas y se quedó pensativo—. Acabo de comenzar en este empleo, Amari, así que no estés tan segura de nada. El doctor King va a estar muy ocupado con los estudiantes. Veré qué puedo hacer, pero no te puedo prometer nada.

—Está bien, papá. Entiendo. Pero de verdad que me gustaría verlo —dijo ella.

Una oportunidad increíble

El segundo día de Amari en la Escuela Secundaria Battery Heights definitivamente fue mejor que el primero. Se dio cuenta de que Jackie tenía razón: no podía esperar a que los demás estudiantes se le acercaran. Tenía que presentarse y demostrar que era amable. Ella no era una presumida bostoniana recién llegada.

En clase de matemáticas, Amari conoció a una chica llamada Grace. Trabajaron juntas el problema de geometría del día. Al almuerzo, Amari se sentó con Grace y sus amigas. Le hicieron montones de preguntas sobre la vida en Boston, su antigua escuela y cómo era vivir en el Norte, entre otras cosas. Amari les contó sobre su hermana mayor y la vida universitaria en Washington D. C.

Grace era la única de la mesa cuyos padres habían ido a la universidad. Pero eso no era relevante para Amari a la hora de escoger a sus amistades. La madre de Jackie era empleada doméstica. Los padres de sus amigos tenían todo tipo de trabajos: peluqueras, obreros de la construcción, meseros, etc.

Amari les contó a las chicas lo que le había pasado el día anterior, de regreso a casa. A ninguna pareció sorprenderle.

—Sí, esa calle por donde te fuiste está cerca de la parte blanca de la ciudad —le dijo una chica llamada Nicole—. En el futuro, es mejor que no te alejes de las tiendas cercanas a la calle South Pettigrew. ¿Dónde vives?

—En la calle Miller —dijo Amari. Le pareció ver que dos de las chicas se miraron, levantando las cejas, pero pudo haber sido producto de su imaginación. No quería que pensaran que ella solo era la hija de un médico rico. Después de todo, ella tenía que aspirar y refregar los pisos los fines de semana para ganarse su mesada, como muchos de los otros chicos que conocía en Boston.

Afortunadamente, Stephanie vivía a un par de cuadras, en el mismo vecindario. Ella se ofreció a enseñarle algunos atajos para llegar a casa, y las calles y los lugares que debía evitar. Después de unos días de caminar juntas a casa, Amari le hizo a Stephanie una pregunta que la tenía inquieta desde que llegó a Raleigh.

—¿Hay tenderos amables por aquí que vendan dulces? Extraño mis Cherry Flipsticks después de clases.

—¿En serio? —Stephanie paró en seco—. ¿Te gustan los Cherry Flipsticks?

Amari no estaba segura de qué responder. Luego de deliberar consigo misma por una fracción de segundo, dijo:

—Sí, son mis favoritos. Esos y las barritas de Abba-Zaba. ¿Por qué?

—Casi que eres la única persona en Battery Heights a quien le gustan. Además de mí, quiero decir —añadió Stephanie, complacida.

Se desviaron un poco de su ruta y entraron a Sweet Shack. Stephanie le presentó a Amari a la dueña, la señora Pierce. Era una dama simpática, de unos cincuenta años. Llevaba sobre el vestido un colorido delantal con estampado de dulces.

—Encantada de conocerla, señorita. Espero volverla a ver —le dijo.

—Con seguridad, señora. ¡Me encantan los dulces!

Al salir de la tienda, Amari y Stephanie hicieron como que se aplicaban labial con sus Cherry Flipsticks antes de pegarle un mordisco al dulce. Luego, estallaron en risitas.

Poco a poco, Amari fue conociendo más chicos de la escuela. Una noche les dijo a sus padres que hacer amigos era como hacer palomitas de maíz. Al comienzo, escuchas solo un pum, pero después: pum, pum, pum. Y entonces ves que tienes un montón de palomitas, o amigos. Amari todavía extrañaba Mattapan, y todas las semanas le escribía a Jackie largas cartas llenas de detalles. Pero comenzaba a sentirse más cómoda en Battery Heights. Hasta consiguió un trabajo de niñera con sus vecinos, los Jefferson. Ellos tenían dos hermosos hijos pequeños, y pagaban bien: ¡cincuenta centavos la hora!

Unos días después de que Amari compartiera la noticia de que el doctor King vendría a Shaw, su padre sacó el tema durante la cena.

—Probablemente te preguntes qué ha pasado con lo de la visita del doctor King a Shaw, Amari. Y he estado averiguando, a pesar de que todavía no conozco mucha gente allí. Me dijeron directamente que no podían meternos en los talleres estudiantiles del doctor King. No me sorprende, dada la cantidad de estudiantes que quisieran participar en esos talleres.

Amari suspiró. Había contado con que su padre los podría meter en alguna reunión.

—Pero… —continuó su padre— uno de mis colegas tiene un hermano periodista. Hay una alta probabilidad de que su respuesta también sea no, así que no te hagas ilusiones.

Sucedió que un par de días después, el doctor Johnson recibió la respuesta de su colega. Amari lanzó un grito cuando su padre le dio la noticia: ¡iba a poder ver en persona al doctor Martin Luther King Jr.! Tendrían que sentarse en la última fila en su rueda de prensa. De todos modos, Amari se emocionó mucho. Y su padre también, a decir verdad.

Ataviada con su mejor vestido, y con libreta y bolígrafo en mano, Amari se sentó en la última fila de una sala repleta de gente. A su lado y delante de ella había montones de reporteros de periódicos y estaciones de televisión. Cuando el doctor King entró a la sala, los destellos de los *flashes* enceguecieron a Amari por un momento. Entonces, el doctor King comenzó a hablar:

"Esta es una era de ofensiva por parte de gente oprimida. Todas las personas privadas de su dignidad están marchando en todos los continentes del mundo. El movimiento estudiantil de sentadas representa esa ofensiva en la historia de la lucha de la gente negra por su libertad. Los estudiantes se han tomado la lucha por la justicia en sus propias fuertes manos. En menos de dos meses, más guerreros de la libertad negros le han revelado a la nación y al mundo su determinación y valentía, más de lo que ha sucedido en muchos años. Han acogido la filosofía de acciones masivas directas sin violencia… Hoy se han reunido aquí los líderes del movimiento de las sentadas de diez estados y algo más de cuarenta comunidades para evaluar las recientes sentadas y trazar los planes futuros. Se han dado cuenta de que ahora tienen que desarrollar una estrategia para la victoria".

Amari tomó notas lo más rápido que pudo. Por primera vez, se sintió agradecida con el señor Thompson, que la hizo tomar notas muy rápidas en su clase de ciencias de octavo grado. Volteó a mirar a su padre, quien asentía con la cabeza una y otra vez, para expresar su acuerdo con las palabras poderosas del doctor King.

El doctor King habló entonces de las "compras selectivas", que consistía en comprar productos solo en negocios que respetaban a la gente negra. Dijo que los estudiantes debían entrenar a más voluntarios dispuestos a ir a la cárcel antes que pagar una fianza para quedar libres. La táctica de "cárcel sin fianza" significaba que, al negarse a pagar dinero para evitar ir a la cárcel, los protestantes llenarían las cárceles, aumentando los gastos del estado. A Amari le gustó cuando el doctor King dijo: "Los jóvenes deben llevar la lucha por la libertad a cada comunidad del Sur, sin excepción".

Cuando el doctor King terminó de hablar, Amari y su papá se levantaron y aplaudieron. Lo mismo hicieron otras personas del público. Algunos reporteros se quedaron sentados, pero ella estaba entusiasmada e inspirada por las palabras poderosas del doctor King. Quería participar en la lucha por la libertad. Quería trabajar por la justicia y la igualdad para todas las personas. Un reportero se le acercó.

—¿Qué opina del discurso, jovencita? —le preguntó.

—Fue increíble —respondió ella—. Me muero de ganas de participar en la lucha por la libertad. Pero, por ahora, espero poder compartir lo que aprendí hoy con los estudiantes de mi escuela, escribiendo un artículo para el periódico escolar.

—¡Esa es una magnífica idea! —dijo el hombre, sonriendo. Y luego volteó a mirar al doctor Johnson—: Tiene usted aquí a una señorita inteligente. A una periodista en ciernes y una guerrera de la libertad. ¡Buen trabajo! —y se dirigió hacia el patio donde los jóvenes universitarios se estaban congregando.

—No sabía que estabas considerando apuntarte para trabajar en el periódico de la escuela —el padre de Amari se inclinó hacia su hija.

—Bueno —dijo ella, un poco avergonzada—, no estaba segura de que recibieran a una desconocida de primer año como yo. Pero creo que una primicia de primera mano sobre el doctor Martin Luther King Jr. podría darme un poco de credibilidad, ¿no crees?

—Claro que sí. Ahora, lamentablemente, tengo que regresar a mis clases en veinte minutos. Pero tu madre debe estar esperándote en mi oficina para llevarte a casa. Gracias por venir conmigo, Amari. Me agrada que hayas insistido para que viniéramos. El doctor King es un increíble orador. Me ha hecho creer que la gente negra puede lograr lo que sea en este país nuestro.

—A mí también.

—En el autobús de regreso a casa, Amari le contó a su madre lo que había dicho el doctor King en el discurso, lo que el reportero le había dicho a ella y sus planes para tratar de escribir para el periódico de la escuela. También decidió retomar su campaña de cartas en el punto en que la había dejado con Jackie. En su libreta, comenzó a hacer una lista de todos los cambios que quería ver en Estados Unidos. Planeó escribir cartas para pedir mejores instalaciones para las escuelas negras, para encontrar hoteles y restaurantes que no les negaran la atención a familias como la suya, para tumbar las leyes Jim Crow, etc. La lista de Amari crecía y crecía.

La mejor malteada

"¡Qué gran artículo!". "¡No puedo creer que hayas visto al doctor King en persona!". "¡Me encantó tu nota!". Amari no podía creer que tantos estudiantes se le estuvieran acercando para felicitarla mientras ella caminaba por el pasillo de la escuela. La *Gaceta de la Escuela Secundaria Battery Heights* había salido el día anterior y, para su sorpresa, mucha gente había leído su artículo. Hasta estudiantes de los grados superiores la detenían en el pasillo para preguntarle: "Oye, ¿tú eres Amari Johnson?". Se sentía como una celebridad, cuando hasta hace muy poco nadie sabía quién era ella.

La señora Morgan, consejera del periódico escolar, vino a ver a Amari mientras almorzaba.

—Bien, señorita, no creo que un artículo haya causado tanto revuelo en el periódico de la escuela desde… bueno, desde que Rosa Parks se negó a ceder su asiento hace años. Espero que continúes escribiendo artículos para nosotros. Tienes el potencial para convertirte en una gran periodista. Asegúrate de venir a nuestra próxima reunión el martes después de las clases, en la que planearemos los temas para la próxima edición.

—Me... me encantaría unirme a ustedes —tartamudeó Amari—. Gracias, señora Morgan.

Cuando la señora Morgan abandonó la cafetería, las amigas de Amari que estaban en su mesa chocaron manos con ella. Brianna comentó que ella siempre había pensado que la señora Morgan era temible. Anna dijo que ella creía que era un figurín. Era cierto que la señora Morgan era la maestra con mejor estilo para vestir. Stephanie dijo que había oído el rumor de que la señora Morgan había participado en una sentada en Wichita cuando era una estudiante universitaria.

—No me sorprendería que fuera verdad. No es el tipo de persona que tendría miedo de sentarse en el mostrador de una farmacia —admitió Sarah.

El día se pasó volando. Amari estaba flotando en el aire después de todas las amables palabras con las que se refirieron a su artículo. Durante las siguientes semanas, hizo buena amistad con el equipo del periódico escolar. Todos eran muy amables, aunque algunos de los editores, especialmente los de último año, a veces eran un poco toscos. Amari escribía dos artículos semanales. Ninguno de ellos volvió a salir en la primera página, como su nota sobre el doctor King, pero Amari sabía que no podía esperar tanto. Después de todo, tan solo era una estudiante de primer año.

Amari escribió un artículo sobre las sentadas en Greensboro, que no cesaban. Escuchaba en la radio las entrevistas a los estudiantes que participaban, y veía en la televisión los noticieros de la noche con su padre. Además, escudriñaba el periódico de Raleigh todos los días después de terminar sus tareas. Amari también escribió una nota fascinante sobre la segregación en las piscinas públicas del país.

—¿Sabían que, a mediados de la década de 1930, la gente negra constituía el quince por ciento de la población de St. Louis? —les preguntó a sus padres durante la cena—. Pero las veces que usaron las piscinas públicas sumaron solo el uno y medio por ciento del total.

—No sabía eso, Amari. ¿Por qué crees que fue así? —preguntó su padre.

—Las personas que tenían la piel como la nuestra solo tenían acceso a una pequeña piscina cubierta, mientras que la gente blanca de St. Louis podía escoger entre nueve piscinas diferentes. Y algunas eran grandes, como de complejos vacacionales. No me parece nada justo. ¿Acaso quienes estaban a cargo pensaban que a la gente negra no le da calor? En algunas ciudades de EE. UU., adolescentes negros recibieron fuertes golpizas por intentar entrar a piscinas públicas. Leí una declaración de una mujer blanca que dijo que no quería que la piscina donde nadaban los suyos estuviera infectada con las enfermedades contagiosas de la gente negra. ¿No les parece ofensivo? —Amari estaba indignada.

—Por supuesto que es ofensivo, mi amor. Me encanta que hables de esos temas en el periódico escolar. Estás poniendo a pensar a tus compañeros. Quizás hasta podrías escribirles cartas a las autoridades que llevan ese tema —sugirió su madre.

—Buena idea, mamá. Pero primero tengo que terminar mi siguiente artículo.

Unas semanas después, Amari y Stephanie estaban comprando sus dulces de la tarde en Sweet Shack. De repente, dos manos le taparon los ojos a Amari. Ella gritó fuerte y comenzó a moverse como loca. Aquellas manos se fueron soltando poco a poco. Con el corazón acelerado, Amari se dio la vuelta. Esperaba ver a hostigadores o a chicos de otra parte de la ciudad. Estaba enardecida, lista para cantarle las cuarenta a esa persona, o para darle un puño de ser necesario. Pero entonces vio que su "atacante" era su hermana mayor, Tamara.

—¡Tamara! —gritó Amari—. ¡Has venido a casa! Casi me provocas un ataque cardiaco. ¿Cómo sabías que estaba aquí? —y le dio un fuerte abrazo a su hermana.

—Mamá me dijo que casi siempre vienes aquí después de clases. Se me ocurrió sorprenderte… y creo que lo logré —rio Tamara mientras imitaba la reacción de Amari—. ¿Me compras unos Mikes and Ikes, hermanita? Dejé mi cartera en casa.

—Por supuesto, Tam —Amari pagó y le presentó a Stephanie a su hermana.

Después, Stephanie se fue sola al mercado, a hacer una diligencia para su madre. Cuando se quedaron solas, Tamara le dijo a Amari que había madrugado a tomar un tren desde Washington y acababa de llegar a casa. Su padre la había recogido durante su receso de almuerzo y la había traído. Las hermanas conversaron sobre su nueva casa, Battery Heights, la escuela secundaria y sus planes para el verano. Tamara dijo que iba a trabajar como practicante para un cardiólogo en el hospital que estaba cerca de Shaw. Sería su aprendiz y le ayudaría con trabajo de oficina y otras labores que él necesitara.

A Amari le pareció fantástico tener a su

hermana en casa. No se había dado cuenta de lo mucho que extrañaba tenerla cerca. Las conversaciones a la hora de la cena se volvieron más animadas, sin duda. Una noche, Tamara habló de la experiencia de asistir a una sala de cine no segregada en Washington D. C.

—¿Existe algo así, de verdad, Tam? ¿Cómo es?

—Bueno, el Teatro Dupont es pequeño. Se inauguró en marzo de 1948 como una sala de cine independiente. Cuando entras, hay un enorme salón, como en un club moderno. Mientras esperas a que comience la función, puedes pedir té o café. No importa si tu piel es oscura o clara. A mis amigos y a mí nos encanta ir. En realidad, no nos importa qué película estén dando. Le damos nuestro dinero al Dupont porque queremos propagar el mensaje de que todas las salas de cine deberían ser integradas

—Tamara sonrió, con la mirada como ausente. Amari supuso que estaba recordando las divertidas salidas con sus amigos. Deseó que, para cuando ella estuviera en la universidad, la gente negra fuera bienvenida en todas las salas de cine.

Los sábados, Amari y Tamara adoptaron la rutina de pasar la mañana juntas. Durante la semana, Amari se mantenía ocupada con las tareas y los trabajos para el periódico, y Tamara estaba en sus prácticas todo el día, y no llegaba a casa hasta la hora de cenar. Con el poco dinero que las dos ganaban, podían salir a menudo a tomar café con donas o copas de helado. Las dos tenían una gran afición por lo dulce.

Un sábado, Tamara fue a comprarse un vestido. Se estaba debatiendo entre dos: uno blanco con florecitas anaranjadas y uno de color turquesa con rayas blancas.

—Me encantaría poder probármelos. Es difícil saber cuál se me va a ver mejor.

—Sí, de acuerdo —Amari comprendía a su hermana—. Me molesta mucho que la gente blanca se pueda probar la ropa antes de comprarla, pero que a nosotros no nos dejen. No es como si fuéramos a arruinar los vestidos con solo tocarlos.

—En serio, hermanita —dijo Tamara—. Y si tuviera suficiente dinero, podría comprar ambos y devolver el que no me guste. Pero tampoco nos permiten hacer eso. Es irónico que a estas grandes tiendas por departamentos les complazca recibir nuestro dinero, pero no nos den los mismos privilegios que dan a sus clientas blancas —agregó, mientras regresaba el vestido de color turquesa al exhibidor—. No tiene sentido que nos arruinemos así el ánimo. Vamos a pagar este y luego vamos a comprarnos dos *root beers* con helado. El calor y la humedad me tienen muerta de la sed.

—Me gusta ese plan —Amari estuvo de acuerdo —. ¿Y adónde vamos a ir?

—Mi jefe me recomendó la fuente de soda de uno de nuestros vecinos de Battery Heights. Me dijo que es uno de los mejores locales para gente negra, y está muy cerca de las principales tiendas del centro.

Luego de una corta, pero acalorada caminata, Amari y su hermana se sentaron en el fresco mostrador de mármol. La fuente de soda se veía acogedora. Tenía unos espejos relucientes, las banquetas eran de un color rojo vivo y la señora que atendía era muy amable.

Mientras se tomaban sus deliciosas bebidas con helado, Tamara dio rienda suelta a la conversación. Le habló a Amari sobre las otras chicas que vivían en la residencia universitaria. Rosemary, su compañera de cuarto, tenía mucho estilo, y hasta confeccionó cubrecamas coordinados para las dos con una tela que compraron juntas. Casi todos los sábados, había una fiesta en el campus.

—¿Hay chicos guapos? —preguntó Amari.

—Oh, sí —rio Tamara—, hay muchos. Rosemary conoció a su novio en una de esas fiestas. Se llama Otis y es un chico supersimpático. Pero yo también he conocido gente fantástica en el Consejo Juvenil de la NAACP del campus, al cual pertenezco.

Amari dijo que ella también deseaba afiliarse a uno de esos consejos. Tamara propuso que quizás ella podía contarle en qué estaba trabajando el suyo, mientras Amari podía conectarse con algún capítulo de la localidad.

Una noche de julio, Amari estaba sentada en el sofá viendo las noticias con su papá mientras su madre y Tamara estaban terminando de preparar la cena. El presentador reportó que las sentadas en el Woolworth's de Greensboro por fin habían dado fruto: ¡se había eliminado la segregación en el expendio de almuerzos!

Amari y el doctor Johnson gritaron y dieron vivas de alegría.

—¿Qué pasa, Lamar? —la madre de Amari salió de la cocina corriendo para ver qué era lo que sucedía. Cuando les contaron, ella y Tamara también dieron vivas.

Durante la cena, Amari le recordó a su padre su promesa de llevarla a comer al Woolworth's de Greensboro cuando se convirtiera en un lugar integrado. El doctor Johnson dijo que su próximo día libre llevaría a toda la familia.

Y cumplió su palabra. El sábado siguiente, los cuatro Johnson se pusieron su mejor atuendo. Se subieron a su Chevrolet Impala rojo y blanco, y no pararon de hablar durante el viaje de una hora hasta Greensboro. Amari no podía creer que estuviera a punto de hacer historia. La fila era larga, ya que muchas otras personas negras también querían celebrar este hito del Movimiento por los Derechos Civiles.

Mientras esperaban, Amari tomó fotos con la cámara de sus padres. Primero, fotografió la fachada de Woolworth's. Cuando entraron, tomó fotos de las banquetas, del mostrador en sí y de su plato. Amari sonreía de oreja a oreja mientras saboreaba cada sorbo de su malteada de vainilla y cada bocado de su hamburguesa y sus papas fritas. Ninguna comida le había sabido tan bien ni la había sentido tan festiva, como esta.

Amari se moría de ganas de escribir su siguiente artículo con un informe de primera mano sobre un almuerzo en Greensboro. Quizás, otro de sus artículos podría salir en la primera página del periódico escolar de la Escuela Secundaria Battery Heights.

Sobre el Movimiento por los Derechos Civiles

El Movimiento por los Derechos Civiles se refiere al periodo en las décadas de 1950 y 1960 cuando se llevó a cabo una lucha por la igualdad racial en Estados Unidos. Durante esta época, varios líderes, como el doctor Martin Luther King Jr. y Rosa Parks, dirigieron a personas con ideas similares a participar en protestas no violentas. Hubo diferentes formas de este tipo de protestas.

En los estados sureños había leyes que mantenían a la gente negra separada de la gente blanca. Se llamaban las leyes Jim Crow. Rosa Parks fue arrestada en 1955 por negarse a cederle su asiento en un bus a un pasajero blanco. Después de su arresto, se llevó a cabo una enorme protesta que se llamó el boicot de los autobuses de Montgomery. Durante más de un año, los afroamericanos de Montgomery dejaron de usar los autobuses públicos. El 20 de diciembre de 1956, la Corte Suprema dictaminó que la segregación (o separación) en los buses era ilegal.

Otra forma popular de protesta durante el Movimiento por los Derechos Civiles fueron las sentadas. Los participantes entraban a un negocio o un lugar público, y permanecían sentados hasta que sus quejas fueran atendidas o hasta que eran expulsados por la fuerza. Las sentadas de Greensboro de 1960 fueron una exitosa protesta no violenta. El expendio de almuerzos de la tienda Woolworth's, que había sido segregado, se puso al servicio de todos los clientes, fueran negros o blancos. El movimiento de las sentadas se propagó por todo Estados Unidos, y condujo a la eliminación de la segregación en supermercados, tiendas por departamentos, salas de cine y bibliotecas.

En julio de 1964, el presidente de Estados Unidos, Lyndon B. Johnson, aprobó la Ley de Derechos Civiles. Esta ley prohibió la segregación en todos los lugares públicos. También prohibió la discriminación de las personas a causa de su raza, color, religión, sexo o país de origen.

P & R
con *Alicia Klepeis*

1. ¿Dónde obtuvo la información para este libro?

Comencé leyendo libros infantiles sobre el Movimiento por los Derechos Civiles. También usé el sitio web de la Biblioteca del Congreso para recolectar imágenes e información.

2. ¿Cuál fue el proceso para desarrollar su personaje principal?

Quería que Amari fuera inteligente y activa, y que estuviera al tanto de los sucesos de actualidad. Pero también es muy real: es víctima de hostigamiento, discute con sus padres y come demasiados dulces.

3. ¿Aprendió algo interesante durante su investigación sobre la época?

Montones de cosas. No sabía mucho sobre las sentadas de Greensboro. También me encantó investigar sobre la moda, los dulces y la música de la década de 1960.

Sobre la autora

Alicia Klepeis comenzó su carrera en la National Geographic Society. Ha publicado libros tanto de ficción como de no ficción para jóvenes lectores. Algunos de sus títulos de ficción son *From Pizza to Pisa* y *Cairo, Camels, and Chaos*. Sus libros de no ficción incluyen *The World's Strangest Foods*, *Bizarre Things We've Called Medicine* y *Vampires: The Truth Behind History's Creepiest Bloodsuckers*. Vive con su familia en el norte del estado de Nueva York.

Sitios web que puedes visitar

En inglés:

https://upfront.scholastic.com/issues/2019-20/010620/sitting-down-to-take-a-stand.html?language=english#1210L

www.infoplease.com/spot/bhmheroes1.html

www.historyforkids.net/african-american-civil-rights.html

En español:

https://www.cndh.org.mx/noticia/ley-de-derechos-civiles-en-eua-avance-en-integracion-racial-y-contra-la-segregacion

https://www.aarp.org/espanol/turismo/nacional/info-2020/fotos-sitios-importantes-lucha-por-derechos-civiles-estados-unidos.html

https://www.nationalgeographic.es/historia/2021/11/breve-historia-del-inicio-de-la-lucha-contra-la-segregacion-racial-en-ee-uu

Idea para escribir

Amari tuvo que dejar Boston y mudarse a Raleigh en la mitad del año escolar. ¿Alguna vez has sido la persona nueva en algún lugar? ¿En qué se parece tu experiencia a la de Amari?